森林寫作班

小學生寫作入門書

初階篇

喜觀　著

新雅文化事業有限公司

www.sunya.com.hk

目錄

本書如何幫助孩子學習寫作？

　　對於剛剛步入作文世界的孩子，寫作不是一件容易的事。但請不要擔心，只要掌握正確的學習方法以及寫作技巧，寫作文並不難。

　　本書以五個小故事做引入，啓發孩子思考寫作到底是怎麼一回事。每個小故事都帶出一個寫作難題，可以先讀故事，看看故事中的小主角們遇到了什麼麻煩。思考一下，在日常的表達和作文中，你有沒有遇到同樣的麻煩？不過不用擔心，森林寫作班的貓頭鷹老師精通每一種寫作技巧，他會細心地將這些知識教授給大家。

　　希望故事中小動物們的喜樂悲歡，能夠讓你會心一笑，進而願意去學習如何讓自己的文字表達更完整、更豐富、更準確。

新雅編輯部

跟着四位小主角的腳步，一起來學習吧！

小兔淇淇：斯文內向，溫柔善良。喜歡紅蘿蔔、單車。擅長與人溝通，不擅長許願。

小狗阿聰：憨厚老實，不善表達。喜歡放風箏、玩滑梯、盪鞦韆。擅長唱歌、不擅長與人溝通。

小信鴿飛飛：有勇有謀，有責任心。喜歡旅行和攝影。擅長講故事，技能是幫人送信。

小猴跳跳：機靈活潑，熱情開朗。喜歡跑步、彈鋼琴。擅長許願，不擅長寫信和講故事。

學習步驟

先看故事，再到森林寫作班裏學一學，最後，嘗試做一做練習中的題目，看看自己掌握了沒有。

學會了這些寫作方法後，可以大大提升語文能力。無論是日常表達，還是寫作文，都能得心應手，輕鬆寫出好文章。

跟着森林寫作班的貓頭鷹老師一起開啓寫作之旅吧！

貓頭鷹老師：知識淵博，和藹可親。擁有神秘的法寶，擅長為小朋友們解決難題，可提升大家的寫作能力。他不但熱愛寫作，還會拉小提琴。

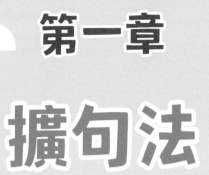

第一章

擴句法

用擴句法擴寫句子

神奇的許願樹

桃源村有一棵神奇的樹，它長在溪水旁，根深葉茂。仔細瞧，藏在蒼翠的葉子中的可不是甜美的果實，而是一個個綁着蝴蝶結的小包裹！它就是桃源村的鎮村之寶——許願樹。

小動物們每年有一次機會，把心願寫在葉子上，埋在樹邊的泥土裏，到了秋天，樹上就會結出心願果實。

秋天到了！大家開心得跳起來，伸手摘自己的心願包裹。

小猴跳跳打開包裹，裏面有一個五彩斑斕的大風箏，他高興得一蹦三尺高。

小狗阿聰打開包裹，裏面飄出各種各樣美妙的香味，有香噴噴的烤肉味道、甜絲絲的桂花味道……他深吸一口氣，聞了個痛快。

小兔淇淇滿心期待，打開了包裹，裏面躺着一根瘦瘦小小的紅蘿蔔。「啊？這⋯⋯這不是我的心願。」小兔淇淇委屈得快要哭出來了。

　　小猴跳跳湊過來問她：「你在葉子上寫了什麼呀？」

　　小兔淇淇用細細的聲音說：「紅蘿蔔。」

　　小猴跳跳撓撓頭說：「這不是紅蘿蔔嗎？許願樹滿足了你的願望呀。」

　　小兔淇淇撅起了嘴巴，搖了搖頭。

　　她想要的紅蘿蔔，比自己的個頭還要大，要有紅彤彤的顏色、滑溜溜的身體，咬一口又香又脆！才不是眼前這根乾巴巴的小蘿蔔頭，許願樹一定是搞錯了。

　　小猴跳跳問：「你是不是寫得太簡單了，不寫清楚，許願樹怎麼知道你想要什麼呢？」

　　小兔淇淇歪着腦袋想，怎麼才能把自己的想法完整、豐富地告訴許願樹，得到自己最想要的禮物呢？

森林寫作班

用擴句法擴寫句子

小兔淇淇沒得到自己心愛的禮物，很是難過。不用擔心，有法寶的貓頭鷹老師來幫忙了！怎樣才能得到自己想要的紅蘿蔔呢？我們先來幫小兔淇淇重新寫一片心願樹葉吧！

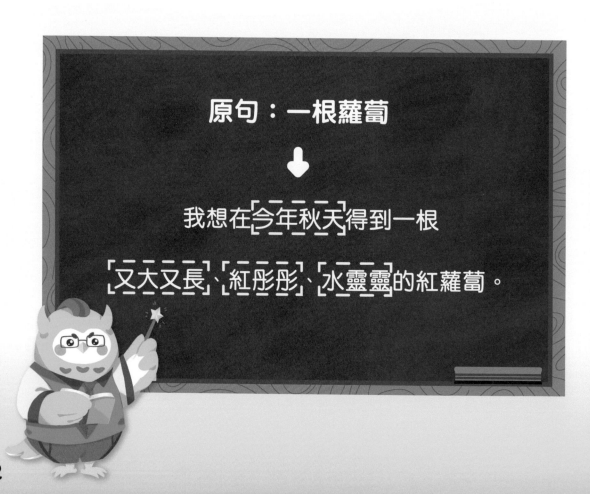

原句：一根蘿蔔

⬇

我想在 今年秋天 得到一根

又大又長 、 紅彤彤 、 水靈靈 的紅蘿蔔。

原來小兔淇淇想要自己的心願可以實現，需要使用**擴句法**將簡短的句子加長，變得完整、豐富。長句當中清楚地交代了**人物**、**時間**、紅蘿蔔的**大小**、**顏色**和**其他特點**，句子中間還加上了一些形容與修飾，這樣就把乾巴巴的句子變得生動起來，讓許願樹完整地了解她內心的想法。

無論是說話還是寫作，擴句法都可以幫助我們將句子中的信息表達得更完整。

讓我們一起從 8 個方面來學習擴句法吧！

擴句法 8 方面

1. 人物	2. 時間	3. 地點	4. 數量詞
5. 形狀詞	6. 顏色詞	7. 感官詞語	8. 反義詞

1. 加入人物

人物這一信息通常在一個句子的最前面，除了最簡單的「你」、「我」、「他」之外，還可以直接寫人物的姓名，例如「淇淇」、「跳跳」、「阿聰」。還可以用人物之間的關係來指代，例如「我的媽媽」、「阿聰的妹妹」，也可以用職業身分指代，例如「司機叔叔」、「老師」等。

示例

原句：做完了功課。

這個句子因為缺少了人物，所以我們不能獲得完整的信息，無法確定是誰做完了功課。可能是「我」做完了功課，也可能是其他人。這時，就需要擴寫句子，將人物在句子中補全。

擴句：我的弟弟做完了功課。

練一練

今天是森林小學一年級的聖誕演出，很多人正向禮堂走來，等待着表演或是參觀。你認識他們嗎？快向大家介紹一下！

擴寫句子，補充人物，讓句子更完整。

原句：**向禮堂走來。**

完整句：**一年級全體學生向禮堂走來。**

我的句子：＿＿＿＿＿＿＿＿＿＿＿ 向禮堂走來。

小提示：請圈出你想補充的人物信息再將人物填入橫線吧！

李校長　　音樂老師　　淇淇的爸爸　　校工

★ ☆ ★ ☆ ★ ☆ ★ ☆ ★ ☆ ★ ☆ ★ ☆ ★

2. 加入時間

　　擴寫時加入**時間**可以清楚地交代事情發生在什麼時候。時間可以加在句子最前面，如：今天，我開學了；也可以放在人物之後，如：媽媽今天工作很忙。時間可以是年份、月份；也可以是一年中的春、夏、秋、冬四個季節；或是某個具體的日期；時間還可以是一天中的早、中、晚和具體時間點。

✿示例

原句：我和朋友比賽跑步。

　　這個句子因為缺少了時間，所以我們不能獲得完整的信息，無法確定我和朋友在什麼時候比賽跑步。可能是今天，也可能是其他的時間。這時，就需要擴寫句子，將時間信息在句子中補全。

擴句：上個星期日，我和朋友比賽跑步。

森林小學的聖誕匯演開始了！你會為大家帶來精彩的魔術表演，這是屬於你的第一次萬眾矚目的時刻，你想牢牢記在心裏。請在句子的適當處補充時間信息，讓句子更完整。

原句：**我進行魔術表演。**

完整句：**我在早上十點半進行魔術表演。**

我的句子：我在 ＿＿＿＿＿＿＿＿ 進行魔術表演。

小提示：請圈出你想補充的時間信息再將時間填入橫線吧！

在冬天　　在聖誕節後

在下午五點　　在第七個節目

3. 加入地點

　　地點能讓我們知道事情發生的具體位置，也是寫作中一個重要的信息。地點可以加在人物和時間之後，如：在家裏、在學校。地點有大有小，可以是國家、地區、街道、屋苑等；也可以用建築物的名字去稱呼，如：學校、醫院、地鐵站等。地點還可以用表示空間方位的詞語，如東、西、南、北或前、後、左、右。

示例

原句：**我遇見了班主任。**

　　這個句子因為缺少了地點，所以我們不能獲得完整的信息，無法確定我在哪遇見了班主任。可能是在學校，也可能是在其他的地方。這時，就需要擴寫句子，將地點信息在句子中補全。

擴句：**在科學館，我遇見了班主任。**

練一練

　　森林小學的聖誕匯演圓滿結束了，爸爸來接你和媽媽回家，你可以發送一條信息給爸爸，告訴他你們現在身處的位置嗎？你說得越詳細、越清楚，越能夠讓爸爸盡快找到你們呀！請在句子適當的位置補充地點信息，讓句子更完整。

原句：媽媽和我等你。

完整句：媽媽和我 在學校門口 等你。

我的句子：媽媽和我 ＿＿＿＿＿＿＿＿＿ 等你。

小提示：請圈出你想補充的地點信息再將地點填入橫線吧！

在禮堂　　在教學樓旁邊

在巴士站前面　　在一棵木棉樹下

★☆★☆★☆★☆★☆★☆★☆★☆★☆★

4. 加入數量詞

　　想清楚表達想要的數目、分量，就要學會**數量詞**。數量詞由兩部分組成，**數詞**和**量詞**。

　　數詞包括數字，如一、二、三、十、百、千，還可以用「好幾」、「來個」等表示，如「好幾條魚」，「二十來個蘋果」。「好幾條魚」中的「條」和「二十來個蘋果」中的「個」，叫做量詞，量詞緊貼着數詞，每種事物都有它最適合的量詞配搭，需要小朋友在日常生活中留心觀察、注意累積。如：一片雲、一朵花。

 示例

原句：**我吃了蘋果。**

　　這個句子因為缺少了數量詞，所以我們不能獲得完整的信息，無法確定我吃了多少個蘋果。可能只吃了一個，也可能吃了很多。這時，就需要擴寫句子，將數量詞信息在句子中補全。

⬇

擴句：**我吃了半個蘋果。**

練一練

我們已經學會了在句子中補充數量詞令句子表達更加豐富,請完成下面的練習吧。

一、請將合適的量詞與詞語連線。

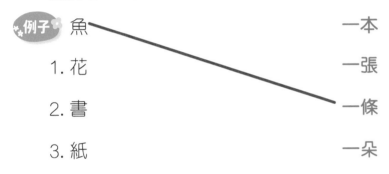

例子 魚　　　　　　　　　　一本

1. 花　　　　　　　　　　　一張

2. 書　　　　　　　　　　　一條

3. 紙　　　　　　　　　　　一朵

二、請將適合的量詞字母填入橫線中。

A. 把　　　B. 顆　　　C. 很多艘　　　D. 兩口

例子 淇淇不舒服,只吃了 _____D_____ 飯就不吃了。

1. 跳跳的一 _____ 牙齒鬆動了,應該快換牙了。

2. 今天出門的時候快要下雨了,我帶上了一 _____
藍色的雨傘。

3. 維港的海面上有 _____ 船。

5. 加入形狀詞

外形指的是物體外在的形狀。想清楚說明事物的外形特點，就要學會使用**形狀詞**。

形狀詞語有很多，最常見的有：圓形、方形、三角形等。也有一些物體的形狀不是規則的幾何圖形，我們可以先整體判斷它是方、是圓還是有角，然後再做細分。如：長條形、鋸齒形等。描述形狀的時候也可以用這些詞語：方方的、圓圓的、鼓鼓的、扁扁的、尖尖的、平平的、直直的、歪歪扭扭的。

 **示例**

原句：**天上有一個月亮。**

這個句子因為缺少了形狀描寫，所以我們不能獲得完整的信息，無法確定天上的月亮是什麼樣子的。可能是一輪圓月，也可能是一個彎彎的月牙。這時，就需要擴寫句子，將形狀信息在句子中補全。

擴句：**天上有一個圓圓的月亮。**

練一練

我們已經學會了用形狀詞來描寫事物的外形，請試試完成下面的練習吧。

一、請圈出表示形狀的詞語。

可愛的　　　平平的　　　大大小小　　　四邊形

球形　　　　五角形　　　圓形　　　　　橢圓形

二、請將合適的形狀詞的字母填在橫線上。

A. 鼓鼓　　B. 圓圓　　C. 直直　　D. 歪歪扭扭

例子 弟弟剛開始學寫字，字寫得 ＿＿＿D＿＿＿ 的，不好看。

1. 冰箱裏的雞蛋 ＿＿＿＿＿＿ 的，整齊地排列着。

2. 到了水蜜桃收穫的季節，跳跳吃了一肚子桃，肚

   子 ＿＿＿＿＿＿ 的。

3. 美術課上，淇淇用尺子畫出來的房子門和窗戶都

   是 ＿＿＿＿＿＿ 的。

6. 加入顏色詞

我們生活在一個多姿多彩的世界中，身邊的事物都有不同的顏色。如：紅色、綠色……想要清晰地描寫事物，就要使用**顏色詞**。

擴句時可以從事物的顏色特點出發，加入顏色詞。如：紅通通、綠油油、金燦燦等。

 示例

原句：媽媽買了一束花。

這個句子因為缺少了顏色詞語，所以我們不能獲得完整的信息，無法確定媽媽買的花是什麼樣子的。可能是紅色的玫瑰花，也可能是白色的百合花。這時，就需要擴寫句子，將顏色信息在句子中補全。

擴句：媽媽買了一束紅彤彤的花。

練一練

我們已經學了如何在句子中加入顏色詞，令句子的表述更加完整，也能讓讀句子的人腦海中有畫面感。

請試試為下面的句子補充適合的顏色詞吧！

原句：天空出現一道彩虹，美極了。

完整句：天空出現一道五彩繽紛的彩虹，美極了。

我的句子：天空出現一道 ＿＿＿＿＿＿＿＿ 的彩虹，美極了。

小提示：請圈出你想補充的顏色信息再將顏色填入橫線吧！

各色相間　　七彩　　五顏六色　　藍湛湛

7. 加入感官詞語

介紹事物的特點，除了描述眼睛看到的形狀、特質，還可以從摸到的、聽到的、聞到的、吃到的這些角度去說明。這些都是人的感官，用文字描寫叫作**感官詞語**。

我們可以運用感官詞語擴寫句子，令我們的表達更加完整。

 示例

原句：桌上有一碗蘑菇湯。

這個句子因為缺少了感官詞語，所以我們不能獲得完整的信息，無法確定蘑菇湯是什麼樣子的。可能是熱氣騰騰的，也可能美味誘人的。這時，就需要擴寫句子，將感官信息在句子中補全。

⬇

擴句：桌上有一碗香噴噴的蘑菇湯。

練一練

我們已經學習了什麼是感官詞語，也明白了在句子中加入適量的感官詞語，會使表達更加完整。請試試完成下面的練習，為句子補充適合的感官詞語吧！

一、 請為句子補充怡當的感官詞語，將正確的字母填在橫線上。

　　A. 甜絲絲　　B. 冷冰冰　　C. 臭烘烘　　D. 軟乎乎

例子 我睡覺習慣用 ＿＿＿D＿＿＿ 的枕頭，這個太硬了。

　　1. 剛脫下來的襪子 ＿＿＿＿＿ 的，需要洗了。

　　2. 冬天到了，寒風吹在人身上 ＿＿＿＿＿ 的。

　　3. 糖果 ＿＿＿＿＿ 的，跳跳一口接一口地吃個不停。

二、 請將感官詞語和所屬感官連線。

例子 視覺（眼睛看到）　　　　　　　　　甜絲絲

　　1. 聽覺（耳朵聽到）　　　　　　　　　轟隆隆

　　2. 嗅覺（鼻子聞到）　　　　　　　　　硬邦邦

　　3. 味覺（嘴巴嘗到）　　　　　　　　　亮晶晶

　　4. 觸覺（身體觸到）　　　　　　　　　臭烘烘

8. 加入反義詞

　　擴寫句子的時候，我們也可以仔細思考句子中的事物有沒有下面這些特點。

　　大、小；長、短；寬、窄；高、矮；胖、瘦等。這些都是**反義詞**。

　　小朋友們可以將事物的這些特點在句子中表達出來，令句子更加豐富、完整。

 示例

原句：我爬上了山。

　　這個句子如果能加上反義詞，就可以更清晰地表達怎樣的我，爬上了怎樣的山。可能是高大的我，也可能是瘦小的我，可能爬上了很高的山，也可能只是爬上了一個矮矮的小山丘。

擴句：小小的我爬上了高高的山。

練一練

我們了解了如果能適當地在句子中加入反義詞，會使句子的表達更加精確。

請試試完成下面的練習，找出下題中適合的反義詞吧！

一、請將一組反義詞用直線連接起來。

例子 大大的 ──────────────── 瘦瘦的

　1. 寬寬的　　　　　　　　　　　　　　小小的

　2. 胖胖的　　　　　　　　　　　　　　膽小的

　3. 勇敢的　　　　　　　　　　　　　　窄窄的

二、請圈出合適的詞語，將它填寫在橫線上。

短短的　　細小的　　窄窄的　　高高的

例子 ___細小的___ 螞蟻正在搬着龐大的重物。

　1. _____ 長頸鹿正低下頭吃低矮灌木的樹葉。

　2. _____ 的鉛筆頭寫下了長長的文章。

　3. _____ 的樓梯盡頭竟是一間寬敞的屋子。

綜合練習

我們已經學習了如何擴寫句子，在句子的不同位置加入更多的內容，令句子可以完整地表達出誰、什麼時候、在哪裏等重要的信息。現在請你試試擴寫下面的句子吧。

一、請你利用擴句法試着寫一片心願樹葉吧！

例子 想要一串葡萄。

我的句子：＿＿＿＿＿＿＿＿＿＿＿＿＿＿＿＿

二、請你選擇合適的提示詞，擴寫句子。

1. 原句：坐旋轉木馬。

提示詞：① 我和最好的朋友　② 新年假期　③ 在海洋公園

我的句子：＿＿＿＿＿＿＿＿＿＿＿＿＿＿＿＿

2. 原句：下圍棋。

提示詞：① 爺爺和我　② 週日的早上　③ 在客廳裏

我的句子：＿＿＿＿＿＿＿＿＿＿＿＿＿＿＿＿

第二章

句式

掌握句式和語氣

不會表達的阿聰

　　桃源村的遊樂場翻新了，小動物們看到嶄新的鞦韆、可愛的象鼻滑梯，開心極了，衝進去想玩個痛快。

　　小狗阿聰飛快地向前衝，卻發現小猴跳跳同時也到了滑梯前。阿聰急忙說：「你先我先。」

　　跳跳愣了一下，阿聰見他沒說話，就搶在前面爬上了滑梯，開心地滑了下來。跳跳撇了撇嘴，沒說什麼。

　　阿聰又飛快地衝向鑽山洞的洞口，他看到淇淇慢悠悠地擋在他身前，便粗聲粗氣地說：「讓一讓！」

　　本來笑嘻嘻的淇淇被嚇了一跳，皺起眉頭，沒說什麼。

　　阿聰玩了一圈，打算休息一下，他看到鞦韆旁聚滿了小夥伴，就走過去想和他們一起玩。

　　他一屁股坐在鞦韆上，對後面的跳跳說：「推我！」

　　跳跳好像沒聽見他的話，一點反應也沒有。淇淇坐在另一個鞦韆上，她也回過頭，輕聲細語地問：「跳跳，我想盪鞦韆，可以請你推我嗎？」跳跳爽快地說：「當然沒問題，你坐穩了！」

　　跳跳一下一下地推着淇淇，淇淇歡快地盪鞦

韆，她笑着説：「真好玩！」跳跳説：「你想我再用力一點，推得更高嗎？」淇淇想了想説：「好呀！我會抓緊繩索的！」跳跳向後站了一步，説：「升空準備──三、二、一！」淇淇的鞦韆盪得好高，她高興地説：「我像小鳥一樣飛起來啦！」

他們玩得很開心，阿聰又羨慕，又想不通。小伙伴們為什麼不願意和自己一起玩呢？他們不喜歡自己了嗎？

森林寫作班

掌握句式和語氣

　　貓頭鷹老師慈祥地告訴阿聰，小伙伴們並不是不喜歡他，只是他說話的語氣沒能夠準確地傳達他的情緒，引起了別人的誤解。我們先幫助阿聰把他在遊樂場中說過的話調整一下，傳遞出正確的情緒。

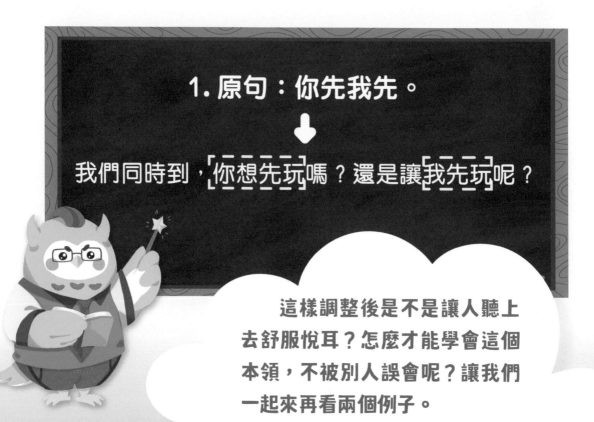

1. 原句：你先我先。

⬇

我們同時到，你想先玩嗎？還是讓我先玩呢？

這樣調整後是不是讓人聽上去舒服悅耳？怎麼才能學會這個本領，不被別人誤會呢？讓我們一起來再看兩個例子。

2. 原句：讓一讓！

⬇

請讓一讓，不然我們要撞在一起了！

3. 原句：推我！

⬇

我想盪鞦韆，可以請你推我嗎？

讓我們一起來學習
句式和語氣的 4 種類型吧！

★ ★ ★ ★ ★ ★ ★ ★ ★ ★ ★ ★ ★ ★ ★ ★

句式和語氣的 4 種類型

1. 陳述句　　2. 疑問句　　3. 祈使句　　4. 感歎句

1. 陳述句

陳述句是用來說清楚一件事情的句子，通常用句號來結束，語氣平和。如：我吃了早飯。這就是一個陳述句。陳述句有幾種不同的類型，我們可以通過下面的示例學習陳述句。

示例

一、……是什麼

1. 誰是什麼：淇淇是女生。

2. 什麼是什麼：今天是晴天。

二、……有什麼

1. 誰有什麼：淇淇有兩隻兔耳朵。

2. 什麼有什麼：汽車有四個輪子。

三、……在做什麼

1. 誰在做什麼：阿聰在吃飯。

2. 什麼在做什麼：地鐵在行駛。

四、……怎麼樣

1. 誰怎麼樣：跳跳生病了。

2. 什麼怎麼樣：天空中的風箏飛得很高。

除了這些之外，表示否定的句子也屬於陳述句，句子中會出現「沒有」、「不」這些字眼。也請你通過示例學習表示否定的陳述句。

示例

一、……不想……

1. 我今天有點感冒，不想去游泳。

2. 跳跳喜歡吃肉，他不想吃青菜。

二、……沒有……

1. 我今天不舒服，沒有去上體育課。

2. 淇淇今天喉嚨痛，沒有和大家一起唱歌。

陳述句會在句尾使用句號「。」
句號表示一句話說完的停頓。

2. 疑問句

疑問句是用來向別人提出問題，期待得到別人回答的句子，通常用問號「？」來結束，說話時語調上揚。最簡單的疑問句就是在陳述句當中加入「是不是」。

示例 陳述句：村口的許願樹結果了。

疑問句：村口的許願樹是不是結果了？

複雜一點的疑問句，可以這樣問：你喜不喜歡紅色？這種句子回答的時候一定要抓住句子的重點進行回答，要根據情況回答「喜歡」或者「不喜歡」。

示例 陳述句：你喜歡紅色。

疑問句：你喜不喜歡紅色？

　　再進一步，就可以問一些開放式的疑問句，可以問人、事物、原因、地點等等，需要配合不同的疑問詞。

　　問人物需要用到「誰」，例如：誰在敲門？問事物需要用到「什麼」，例如：你的書包裏都帶了什麼？問原因需要用到「為什麼」，例如：為什麼海水是藍色的？問地點需要用到「哪裏」，例如：我們在哪裏見面？

　　也可以在疑問句的句尾加入不同的助詞來強調語氣，像是「嗎」、「呢」、「吧」來表示疑問，例如：等了這麼久，你餓了吧？今天你吃過早飯了嗎？

　　請試試將下面的陳述句改為疑問句。

一、陳述句： 跳跳很頑皮。

　　疑問句：跳跳 ＿＿＿＿＿＿＿＿＿？

二、陳述句： 要去踢足球。

　　疑問句：＿＿＿＿＿＿＿＿ 要去踢足球？

三、陳述句： 樹葉是綠色的。

　　疑問句：＿＿＿＿＿＿＿＿ 樹葉是綠色的？

3. 祈使句

祈使句是用來表達命令、要求或請求的句子，一般比較短小，通常用句號或者感歎號「！」結束。 祈使句也有幾種不同的類型。

1. **表示命令**的祈使句，語氣明確堅定。

   例子 來操場集合！

2. **表示禁止**的祈使句，語氣更加強硬。

   例子 在圖書館不可以跑動喧嘩！

3. **表示勸說或勸阻**的祈使句，語氣會緩和一些，後面也會加上一些語氣詞，比如「吧」、「啦」，聽上去有商量討論的餘地。

   例子 請你別再唱歌了吧？

4. **表示請求**的祈使句，語氣溫和有禮，前面記得要加上「請」字，後面有時也可以加上「吧」。

   例子 請您進來吧。

練一練

請大家用祈使句幫助情境中的人進行正確的表達。

請在正確句子後面的□中加 ✓

1. 媽媽看到阿聰吃了薯片、餅乾，可是桌子上的奇異果、香蕉動也沒動，媽媽想提醒阿聰注意健康飲食，會這麼說：

   A. 要少吃零食，多吃蔬菜水果呀！　　　　□

   B. 少吃零食和水果可以嗎？　　　　　　　□

2. 淇淇想做手工，可放剪刀的抽屜鎖上了，她想麻煩奶奶幫自己打開抽屜，拿一把剪刀出來，她會這麼說：

   A. 請您幫我打開抽屜，拿一把兒童剪刀。□

   B. 您幫我拿剪刀了嗎？　　　　　　　　　□

4. 感歎句

感歎句是用來表達強烈的情緒的，通常語氣強烈，用感歎號「！」結束。句子中常見「真」、「太」、「最」、「非常」等詞語。

比如：今天是我最開心的一天！感歎句也有幾種不同的類型，大家可以通過仿寫練習一下感歎句。

示例

一、「可……啦！」

例子 花園裏的花開得可美啦！

練習：跳跳跑步跑得 _____ 啦！

二、「真讓人……啊！」

例子 下週一是學校運動會，真讓人興奮啊！

練習：貓頭鷹老師生病了，真讓人 _____ 啊！

三、「多麼……的……啊！」

例子 這是一片多麼茂盛的森林啊！

練習：這是一本多麼 _____ 的圖書啊！

感歎句前面也可以加上一些歎詞來加強語氣，像是「哎呀」、「哇」、「天哪」。

例如：哎呀！我摔了一跤，蛋糕盒子整個翻過來了，不能吃了！

示例

一、「天哪！……！」

例子 天哪！那就是傳說中的外星人嗎？

練習：＿＿＿＿＿＿＿＿！我忘了帶中文功課！

二、「哎呀！……！」

例子 哎呀！今天的天氣真好啊！

練習：＿＿＿＿＿＿＿＿！弟弟學會走路了！

二、「哇！……！」

例子 哇！這個生日蛋糕真大！

練習：＿＿＿＿＿＿＿＿！這個城堡真雄偉！

綜合練習

相信大家都學會了如何使用正確的句式、標點、語氣詞來傳達正確的情緒，希望大家以後不要像阿聰一樣因為不善於表達而引起誤會啊！

請試試完成下面的練習，看看自己掌握了沒有。

一、請判斷下面的句子是哪一種句式？在括號中填寫答案。

1. 請關上門。 （ ）

2. 淇淇，你找老師有什麼事嗎？ （ ）

3. 別擔心！老師一定會幫助你的！ （ ）

4. 我會做這一題。 （ ）

二、請把下面的句子按要求調整句式語氣。

1. 原句：小貓咪的毛是柔軟的。

感歎句：＿＿＿＿＿＿＿＿＿＿＿＿＿＿＿＿＿＿

疑問句：＿＿＿＿＿＿＿＿＿＿＿＿＿＿＿＿＿＿

2. 原句：農曆新年，爸爸會帶我們去花市逛逛嗎？

陳述句：＿＿＿＿＿＿＿＿＿＿＿＿＿＿＿＿＿＿

祈使句：＿＿＿＿＿＿＿＿＿＿＿＿＿＿＿＿＿＿

第三章

四要素

掌握寫作四要素

會送信的飛飛

小信鴿飛飛從小和大家一起長大。去年，他到信使學院上學，掌握了飛行技巧和傳信方法。他很熱心地問大家：「誰需要我幫忙送信嗎？」

小動物們都覺得很新鮮，小兔淇淇説：「正好，我今天出門沒有帶雨傘，現在天色灰濛濛的，可能一會要下雨了，我寫封信給媽媽，請她幫我送一把雨傘來學校吧！」

淇淇説寫就寫，寫好之後把信鄭重地交給飛飛。飛飛認真地用繩子綁在腿上，拍拍翅膀飛走了。

下午果然下雨了，學校管理處的黃牛伯伯拿來一把雨傘，説：「淇淇，你媽媽送來的。」

跳跳看見了，説：「飛飛真的會送信啊，我也寫封信試試！」

跳跳想約阿聰第二天一起去上學，於是，他

寫下了這樣的話：明天七點等你呀，不見不散！飛飛鄭重其事地綁好信，拍拍翅膀飛走了。

第二天六點五十分，跳跳就在門口等阿聰了。可是左等右等，阿聰都沒有來。跳跳生氣地跑去學校，找飛飛問個明白。

飛飛說：「我把信交到阿聰手裏了，你別冤枉我！」他們只好去找阿聰對質。

飛飛問：「阿聰，我是不是把信交到你手裏了？」阿聰點點頭。

跳跳問：「那你怎麼沒有來？」

阿聰說：「你只說七點，我不知道是早上還是晚上，你也沒說在哪等，我打算今天見面了問問你。」

飛飛聽了之後笑了起來，他說：「我幫人送了那麼多信，還從來沒見過不寫清楚四要素的信呢，這是最最重要的內容呀！」

「四要素？」跳跳撓撓頭，喃喃地重複着這個詞。

森林寫作班

掌握寫作四要素

　　貓頭鷹老師看到跳跳那封沒頭沒尾的信，也不禁笑了起來。原來跳跳在信中告訴阿聰的信息太少了，導致阿聰無法赴約。

　　想要清晰、完整地告訴別人一件事，有四種信息是必不可少的，那就是**時間**、**人物**、**地點**、**事件**，這些稱為**四要素**。

　　讓我們幫跳跳先完善一下他的信。

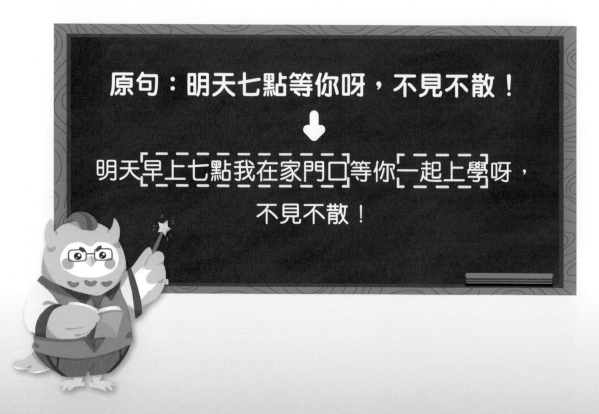

原句：明天七點等你呀，不見不散！

↓

明天 早上 七點我 在家門口 等你 一起上學 呀，

不見不散！

如果跳跳像我們一樣，在信中交代
了時間：早上七點；地點：家門口；人
物：我；事件：一起上學，他和阿聰就
不會錯過了。我們再看一個例子。

原句：一起去玩呀！

↓

[星期六早上我們]一起去[海邊玩沙]呀！

讓我們一起分三步來學習四要素吧！

三步學習四要素

1. 二素句　　2. 三素句　　3. 四素句

二素句

二素句是句子中最簡單的形式，包括「人物」和「事件」，我們可以先試着把「人物」和「事件」按照常態情理組成一個簡單的二素句。

✿示例

人物：淇淇　　　　老師　　阿姨　　　司機叔叔
事件：清潔房間　　開車　　批改功課　做運動

1. 淇淇做運動。　　　　　2. 老師批改功課。

3. 阿姨清潔房間。　　　　4. 司機叔叔開車。

二素句的「事件」也可以是「動作」。例如：我跑。這就是一個簡單的二素句了。初學二素句的時候，可多嘗試用生活中見到的人物、經歷的事件來造句。

練一練

想要正確運用二素句，只要注意將二素句中「人物」和「事件」合理的配搭，想想人物的年齡、身分、職業特點，就能準確表達。請試試完成下面的練習吧！

一、請將下面的信息連線組合成二素句，再將組成的句子寫在橫線上。

例子　　弟弟　　　　　　　　　　　上班

1. 爸爸　　　　　　　　　　　喝牛奶

2. 醫生　　　　　　　　　　　講課

3. 老師　　　　　　　　　　　看病

例子　句子 1：　　　　**弟弟喝牛奶**　　　　　。

句子 2：＿＿＿＿＿＿＿＿＿＿＿＿＿＿。

句子 3：＿＿＿＿＿＿＿＿＿＿＿＿＿＿。

句子 4：＿＿＿＿＿＿＿＿＿＿＿＿＿＿。

三素句

學會了二素句之後，我們可以在二素句的基礎上加上時間，變成**三素句**。試着按照不同季節搭配一下，完成下面三素句。

 示例

> 在春天　　在夏天　　在秋天　　在冬天

1. 楓葉**在秋天**會變得金燦燦的。

2. 跳跳**在春天**會幫忙播種。

3. 淇淇**在冬天**穿上了厚厚的羽絨服。

4. 阿聰**在夏天**到大海裏游泳。

我們學習了什麼是三素句，注意，在運用時，應留意句子中「時間」這一要素是否合理。

我們學習了什麼是三素句，請試試完成下面的練習，把不同的時間信息加入句子中組合成三素句吧！

一、選擇正確的時間，將字母填在橫線上。

A. 吃飯前　　B. 吃飯後　　C. 小息時

D. 上課時　　E. 放學後　　F. 起牀後

例子　　_____B_____　　我睡了一會兒。

1. _____　　阿聰跑來跑去。

2. _____　　淇淇坐得筆直。

3. _____　　我會先把手清洗乾淨。

4. _____　　弟弟坐校車回家。

5. _____　　要洗臉刷牙。

四素句

在三素句的基礎上加上合適的「地點」，就組成了一個完整的**四素句**。地點可以是國家、地區、街道、屋苑，可以用建築物類別或名稱，如學校、醫院、地鐵站等。記得還要善用表示空間方位的詞語，如東西南北，前後左右。我們來試試按照不同場所搭配一下，完成這些四素句。

示例

海邊　　公園　　教室　　科學館

1. 今天早上，爸爸和我去**海邊**撿貝殼。

2. 三四月的春天，媽媽和姐姐去**公園**欣賞盛開的花。

3. 上週末，我和最好的朋友一起去**科學館**參觀恐龍展。

4. 昨天下午，淇淇在**教室裏**撿到一隻紅色的自動鉛筆。

練一練

現在大家已經知道完整的四素句中應該包括哪些成分了，請給下面的詞語排序，組成一個四素句。

一、在☐中寫上序號，再抄寫一次這個句子吧。

例子 ☐2 小鳥 ☐1 夏天 ☐4 唱歌 ☐3 在樹枝上

我的句子：　　　**夏天小鳥在樹枝上唱歌**　　　。

1. ☐ 冬天到了 ☐ 準備冬眠 ☐ 樹林裏的 ☐ 棕熊

我的句子：＿＿＿＿＿＿＿＿＿＿＿＿＿＿＿。

2. ☐ 小息時 ☐ 到操場 ☐ 同學們 ☐ 跑步

我的句子：＿＿＿＿＿＿＿＿＿＿＿＿＿＿＿。

綜合練習

一、判斷以下哪些是四素句,在□中加 ✔

1. 我做了功課。 □

2. 天氣好熱,想吃雪糕。 □

3. 昨天,表妹來我家做客。 □

4. 我的功課沒做完,我太粗心了。 □

二. 先看示例,再用給出的信息補全四素句,告訴大家一次假期的安排!

例子 復活節假期,爸爸媽媽和我去迪士尼樂園玩了很多有趣的設施。

時間:暑假 / 聖誕假期

地點:在公園 / 在日本

人物:我和爸爸媽媽 / 我和同學

事件:野餐 / 旅行

我的句子:＿＿＿＿＿＿＿＿＿＿＿＿＿＿＿＿

左側標籤:四要素

第四章

看圖寫作

看圖寫作有技巧

一起看相片

　　飛飛帶來了一些相片，和大家分享自己旅途中的經歷，有一張相片拍的是一隻沒有尾巴的小壁虎。

　　飛飛給大家講相片的故事：「去年三月我遇到了一隻小壁虎，當時，他正趴在樹葉上，沒發現他身後有一條眼鏡蛇在慢慢靠近……」

　　「我想提醒小壁虎，就大叫了一聲，可是蛇的速度真快啊，牠一下就咬住了小壁虎的尾巴！」

　　「啊！太可怕了！」淇淇搗住了嘴巴。

　　「神奇的事情發生了，小壁虎用力一甩，竟然將尾巴甩掉了。斷下來的尾巴被蛇咬在嘴裏，小壁虎趁機逃脫了。後來，我又遇到小壁虎，幫牠拍了這張相片。」

　　小伙伴們聽得連聲讚歎：「太驚險了！」

飛飛問大家：「你們有什麼精彩的相片嗎？也給我講講相片中的故事好嗎？」

阿聰拿出相片說：「看，這些是去年運動會的相片。」

飛飛指着其中一張相片問：「跳跳，你拿了亞軍嗎？」

跳跳說：「是呀，我跑啊跑，就拿了第二名。」

「你的腿怎麼流血了？」飛飛指着相片中跳跳腿上的傷口問。

淇淇說：「我想起來了，跳跳比賽的時候摔倒了，膝蓋流了很多血。可是他沒有放棄，堅持完成了比賽。」

阿聰說：「我也記得那天我們全班都給他加油，熱鬧極了！而且跳跳和第三名一直難分高下，最後奮力衝刺，才拿到這個珍貴的第二名呢！」

飛飛聽得入神，他對跳跳說：「你是我們班的小英雄！不過，這麼精彩的經歷，你怎麼講得這樣平淡啊？」

跳跳不好意思地笑了起來。

森林寫作班

看圖寫作有技巧

為什麼小猴跳跳把圖裏面的故事說得這麼沒意思呢？那是因為他沒有掌握看圖寫作的小技巧。貓頭鷹老師會教大家幾個好用的小竅門，包括**觀察推斷四要素**和**有序描寫**。

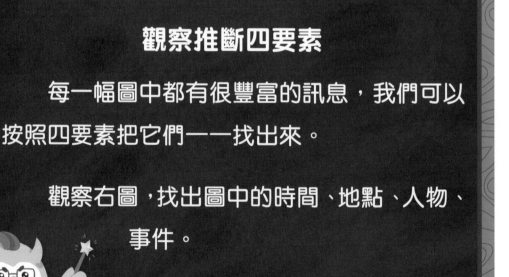

觀察推斷四要素

每一幅圖中都有很豐富的訊息，我們可以按照四要素把它們一一找出來。

觀察右圖，找出圖中的時間、地點、人物、事件。

1. 時間

　　我們可以先觀察一下圖中的季節，例如看看人物的衣着，是厚厚的羽絨服？還是裙子和短褲？或者看看植物的樣子，樹枝上是光禿禿的？還是有茂密的葉子？之後，也可以判斷一下是一天中的什麼時間，例如看看太陽的位置，是高高掛在天空上？還是快要落山？如果在圖中看到月曆、日曆這些訊息就更能準確地寫出具體的時間了！

圖中的時間是：夏天

2. 地點

　　我們也要觀察一下圖中故事發生的地點，是在室外還是室內呢？有沒有大樹、遠山？有沒有特殊的提示讓我們了解具體的場所呢？比如在教室裏、超市中、臥室裏？

圖中的地點是：操場上

3. 人物

　　人物是一幅圖中最重要的部分。如果只有一個人物，我們可以詳細描寫他是男生還是女生？什麼年齡？長什麼樣子？穿了什麼衣服？

　　如果出現了幾個人物，我們要把圖中每一個人都描寫出來，但最好分清主次，可能老師在說話，同學們圍着老師，那就要重點描寫被大家圍繞着、注視着的主角，再去描寫動作行為比較一致的配角。

圖中的人物是：貓頭鷹老師、小兔淇淇、小猴跳跳、小狗阿聰、小信鴿飛飛

4. 事件

　　有了之前三個元素的觀察，我們應該能夠推斷出來圖畫中發生了什麼事情，每一個人物在這件事情中參與了哪些部分，做了什麼。接下來就可以試着講講這個故事了。

　　圖中的事件是：踢足球

69

有序描寫

如果要寫多幅圖，就要去分析一下故事是怎麼發展變化的，四幅圖中人物的動作、心情變化有什麼關聯性。想想第一幅圖中的人物遇到了什麼困難，後面幾幅圖中怎麼解決的這個難題。

從圖中可知，第二幅圖中大家的風箏掛在了樹上；第四幅圖中大家想辦法將樹上的風箏取了下來。

　　春天來了，小狗阿聰和小猴跳跳到公園裏放風箏。風箏飛啊飛，飛到了一棵高高的樹上。突然，風箏線斷了，風箏掛在樹上了。

　　阿聰和跳跳在樹下急得團團轉。這時，小兔淇淇看到了，忙搬來了高高的梯子，小鴿子飛飛也說：「我來幫忙！」他一下子就飛上了樹枝。

　　風箏得救了，大家開心極了。

看圖寫作

綜合練習

請仔細觀察下面的圖，運用**觀察推斷四要素**的方法，找到有用的信息，**有序描寫**，補全故事。

72

請在黃色框中補全故事，也可以取出紙筆自己寫寫看！

　　在一個

　　　　的夜晚，

下正舉辦森林音樂會。許願樹上掛滿了彩

燈，十分美麗。

　　　　　　　正在樹上拉小提琴；

用鋼琴伴奏；小兔淇淇穿着白色的蓬蓬裙，

優雅地

　　　　　　　　　，像美麗的仙子；

阿聰穿着擦得亮亮的黑皮鞋，在舞台上

　　　　　　　　　　　　　　　　　。

故事五：跳跳的來信

親愛的飛飛：

你好！

時間過得真快，你在飛行學院還好嗎？聽說北方的冬天會下雪，你一定要注意保暖呀！

這一年我們也像你一樣，遇到美好的時刻就會用相機拍下來，讓我來為你介紹一下這幾張相片的內容吧！

你看到淇淇騎着單車的那一張相片了嗎？今年秋天，大家又來到許願樹下拆禮物。去年淇淇因為沒有完整地表達，只拿到了一根乾巴巴的小紅蘿蔔。今年她的心願樹葉寫得非常完整，她得到了一輛嶄新的天藍色單車！車身上有粉色的緞帶，還有天藍色的鈴鐺。淇淇很快就學會騎單車了，我們都替她開心。

另外一張相片，是阿聰的獲獎相片，他被大家選為最有禮貌的小朋友。阿聰以前不會表達，其實他真誠熱心，樂於助人。現在他學會了用正確的語氣表達想法，再也不令人覺得粗魯了。

最後這張相片就是昨天發生的事情，是我的生日聚會！你沒來真是太可惜了，我們吃了香噴噴的蔬菜大餐，喝了熱氣騰騰的蘑菇湯，還吃了一個兩層高的巧克力蛋糕，所有人的肚子都變得圓滾滾。我們在一起唱歌、做遊戲，玩得開心極了！對了，今年的生日邀請卡是我自己寫的，嘻嘻，我特別注意寫齊了四要素，果然大家都準時出現在了正確的地方！

謝謝你給我的生日禮物，這枝羽毛筆太美了，我會好好用它寫出準確、完整、優美的文字的！

　　期待你儘快學成歸來，與我們團聚！

　　　　　　　　　　　　想念你的跳跳和大家

　　　　　　　　　　　　二月十五日

參考答案

第 15 頁

李校長向禮堂走來。

第 17 頁

我在下午五點進行魔術表演。

第 19 頁

媽媽和我在巴士站前面等你。

第 21 頁

一、1. 一朵花　2. 一本書
　　　3. 一張紙

二、1. B　2. A　3. C

第 23 頁

一、平平的　　四邊形　　球形
　　五角形　　圓形　　橢圓形

二、1. B　2. A　3. C

第 25 頁

天空中出現一道七彩的彩虹，
美極了。

第 27 頁

一、1. C　2. B　3. A

二、1. 轟隆隆　　2. 臭烘烘
　　　3. 甜絲絲　　4. 硬邦邦

第 29 頁

一、

1. 窄窄的　　　2. 瘦瘦的
3. 膽小的

二、1. 高高的　　2. 短短的
　　3. 窄窄的

第 30 頁

一、我想要一大盒甜甜的糖果。

二、1. 我和最好的朋友新年假期
　　　在海洋公園坐旋轉木馬。
　　2. 爺爺和我週日早上在客廳
　　　裏下圍棋。

第 41 頁

一、跳跳是不是很頑皮？

二、誰要去踢足球？

三、為什麼樹葉是綠色的？

第 43 頁

1. 要少吃零食，多吃蔬菜水果
　呀！

2. 請您幫我打開抽屜，拿一把兒
　童剪刀。

第 44 頁

1. 跳跳跑步跑得可快啦！

2. 貓頭鷹老師生病了，真讓人擔
　心啊！

3. 這是一本多麼有趣的圖書
　啊！

第 45 頁

1. 天哪！我忘了帶中文功課！

2. 哎呀！弟弟學會走路了！

3. 哇！這個城堡真雄偉！

第 46 頁

一、

1. 祈使句　　2. 疑問句

3. 感歎句　　4. 陳述句

二、

1. 感歎句：小貓咪的毛真柔軟
　　　　　啊！

　　疑問句：小貓咪的毛是柔軟的
　　　　　嗎？

2. 陳述句：農曆新年，爸爸帶我
　　　　　們去花市逛逛。

　　祈使句：農曆新年，請爸爸
　　　　　帶我們去花市逛逛
　　　　　吧！

第 55 頁

1. 爸爸上班

2. 醫生看病

3. 老師講課

第 57 頁

一、1. C　　2. D　　3. A

　　4. E　　5. F

第 59 頁

一、1　4　2　3

冬天到了，樹林裏的棕熊
準備冬眠。

二、1　3　2　4

小息時，同學們到操場跑
步。

第 60 頁

一、昨天，表妹來我家做客。

二、聖誕假期，我和爸爸媽媽
在日本旅行。／暑假，我和
同學在公園野餐。

第 73 頁

在一個秋天的夜晚，許願樹下
正舉辦森林音樂會。許願樹上
掛滿了彩燈，十分美麗。貓頭鷹
老師正在樹上拉小提琴；小猴
跳跳用鋼琴伴奏；小兔淇淇穿
着白色的蓬蓬裙，優雅地舞蹈，
像美麗的仙子；阿聰穿着擦得
亮亮的黑皮鞋，在舞台上演唱。

森林寫作班

小學生寫作入門書（初階篇）

作　　者：喜觀
插　　圖：紙紙
責任編輯：張斐然
美術設計：許鍩琳
出　　版：新雅文化事業有限公司
　　　　　香港英皇道 499 號北角工業大廈 18 樓
　　　　　電話：（852）2138 7998
　　　　　傳真：（852）2597 4003
　　　　　網址：http://www.sunya.com.hk
　　　　　電郵：marketing@sunya.com.hk
發　　行：香港聯合書刊物流有限公司
　　　　　香港荃灣德士古道 220-248 號荃灣工業中心 16 樓
　　　　　電話：（852）2150 2100
　　　　　傳真：（852）2407 3062
　　　　　電郵：info@suplogistics.com.hk
印　　刷：中華商務彩色印刷有限公司
　　　　　香港新界大埔汀麗路 36 號
版　　次：二〇二三年六月初版
　　　　　二〇二四年四月第二次印刷

ISBN: 978-962-08-8246-3
© 2023 Sun Ya Publications (HK) Ltd.
18/F, North Point Industrial Building, 499 King's Road, Hong Kong
Published in Hong Kong SAR, China
Printed in China